Oskar   Baum

Zwei Erzählungen

Oskar Baum

Zwei Erzählungen

ISBN/EAN: 9783337356620

Hergestellt in Europa, USA, Kanada, Australien, Japan

Cover: Foto ©Andreas Hilbeck / pixelio.de

Weitere Bücher finden Sie auf **www.hansebooks.com**

OSKAR BAUM
ZWEI ERZÄHLUNGEN

LEIPZIG
KURT WOLFF VERLAG

BÜCHEREI DER JÜNGSTE TAG BAND 52
GEDRUCKT BEI DIETSCH & BRÜCKNER • WEIMAR

DER GELIEBTE

Der schweigsame kleine Pope schritt mit der Laterne voraus und bezeichnete dem »Herrn Unteroffizier«, der ihm offenbar durch seine Kenntnis des Russischen eine furchtsame, tiefe Ergebenheit abnötigte, die Häuser, deren Bewohner geflüchtet oder die schon von den Russen nach Leinen- und sonstigem Verbandzeug durchsucht waren, aber Richner hatte ihn im Verdacht, daß er so vielleicht nur seine besondern Schützlinge vor ihm bewahren wollte. In den Sälen der Schule und des Gemeindeamts drunten lagen die Blutenden von Stunde zu Stunde immer dichter beieinander auf ihrem Stroh.

In eines dieser Häuser nun, aus dem er Geräusche zu hören glaubte — es war eines der letzten vereinzelten Gehöfte am Waldrand jenseits des Flusses — drang er trotzdem ein, fand jedoch wirklich alle Räume zerstört und verlassen und wollte schon wieder fortgehen, als er am Ende eines Ganges vor einer verschlossenen Tür ein junges Mädchen auf einem Reisekorb sitzen sah, regungslos mit gesenktem Kopf, als ob sie schliefe. Er trat mit dem Licht vor sie hin. Sie hatte offene Augen, blickte sinnend auf ein Stückchen Boden vor sich. Sie merkte immer noch nicht, daß jemand gekommen war, obgleich beide sie anriefen und miteinander laut von ihr sprachen.

Der Pope schien aufrichtig verwundert und geradezu beunruhigt über ihre Anwesenheit, fragte sie, warum sie denn nicht mit den Ihren geflüchtet sei und sich seither hier versteckt halte, daß kein Mensch im Dorf unten eine Ahnung habe, sie sei da? Er redete nachsichtig sanft wie zu einem kranken Kinde, nannte sie bei ihrem Vornamen, warb geduldig auf alle mögliche Weise um ein Lebenszeichen und hob ihr zuletzt das Kinn, als ihr teilnahmsloses stumm gesenktes Gesicht nicht mehr zu ertragen war.

Sie sah ihn mit großen erstaunten Augen an, als erwache sie und erkannte ihn wohl nicht gleich. Dann glitt ein Zittern über ihr Gesicht, sie lächelte verlegen und fragte in ziemlich natürlichem höflichem Ton, was die Herren hier wünschten?

Richner wollte die Dinge aufzählen, die er brauchte, aber der Pope machte ihm ein Zeichen, daß das hier zwecklos sei, ging gar nicht auf ihre Frage ein, sondern redete ihr zu, doch nicht hier allein zu bleiben, lieber mit ihm zu guten Freunden zu gehen.

Das Mädchen lächelte nur müde und gequält und sah stumm an ihm vorbei auf den Deutschen. Sie hatte ein wenig schrägliegende dunkle Augen unter sehr langen Wimpern. Das abgezehrte, von Leiden vergeistigte Gesicht saß seltsam auf dem bäurisch breiten untersetzten Körper. Die hellen Haarmassen auf dem Kopf schienen noch reicher dadurch, daß sie, nur unordentlich und flüchtig aufgesteckt, über Ohren und Hals hinabfielen.

Mit wachsender rätselhaft angstvoller Spannung durchforschte ihr Blick Richners Mienen. Jetzt trat sie auf ihn zu: »Ein fremder guter Mensch!« sagte sie nachdenklich und schüttelte langsam den Kopf, »ein solches Gesicht kann nicht lügen!«

Der Pope faßte sie bei den Händen und wollte sie mit sanfter Gewalt fortführen. Aber ein Zucken wie Ekel lief ihr durch den Leib und sie schüttelte das Männchen zornig ab. »Wie lange bleiben Sie noch hier?« fragte sie Richner.

»So noch ein bis zwei Wochen vielleicht,« sagte er, verwirrt von der sonderbaren Frage, »bis die Kleinigkeiten da geheilt sind,« er deutete auf die verbundenen Stellen.

»Nun, zwei Wochen sind auch etwas,« sie nickte einigermaßen befriedigt, »nicht wahr, Sie helfen gern, wo es nötig ist? Und wenn's überdies ein unglückliches Mädchen betrifft? Es ist etwas sehr Wichtiges, von dem ich rede.« Sie senkte die Stimme. »Werden Sie kommen, sich danach zu erkundigen? Aber allein!«

Der Pope winkte Richner voll Unruhe, gar nicht zu antworten, machte ihm eifrig Zeichen, zuckte die Achseln und ging zur Ausgangstür voraus.

»Ich bin nicht verrückt,« flüsterte das Mädchen Richner zu, »kommen Sie nur!«

Als sie dann draußen den Weg fortsetzten, erzählte der Pope, daß das Mädchen noch vor gar nicht langer Zeit fröhlich und gesund und viel schöner als jetzt gewesen sei. Ihr Bräutigam war im Frühjahr verschwunden, wahrscheinlich desertiert. Er hatte sich verabschiedet, um zu seinem Regiment abzugehen und seither fehlte von ihm jede Spur. Sie aber wollte es nicht glauben und wartete immerfort auf Nachricht von ihm. Ihre Angst, ihre Sorge und Unruhe saß ihr wie ein immer tiefer eindringender Fremdkörper in Seele und Leib. Die unabsehbare Trennung, die stete Ungewißheit und namenlose Verlassenheit war zu viel für sie und die Natur richtete eine Mauer gegen das Unerträgliche auf: ihr Geist verwirrte sich.

Als Richner am nächsten Morgen, nicht ganz zufällig, an dem Hause vorbeikam, sah er das Mädchen hinten im Garten lässig bei irgendwelchen Erdarbeiten. Er trat an den Zaun und sah ihr zu.

Da hob sie den Kopf und erkannte ihn augenscheinlich, richtete sich auf, stützte sich auf den Spaten und betrachtete ihn. »Herr,« sagte sie, »Sie sehen meinem Bräutigam ähnlich!«

Er fuhr zusammen; ein Schauer überlief ihn bei diesem unsäglich innigen zutraulichen Ton, der von einem schwer zurückgedrängten Schmerz unsicher schwankte.

Der Pope hatte ihm gestern erzählt, daß ihr eine Zeitlang bei jedem eine Ähnlichkeit mit ihrem Bräutigam aufgefallen war. Sie hatte ihn wohl immer vor Augen, sah ihn überall um sich her und sein Bild verdeckte ihr jede Gestalt und jedes Gesicht.

Sie trat zu ihm an den Zaun: »Wollen Sie nicht zu mir hereinkommen?« fragte sie schüchtern, »ich habe es hier so einsam!«

Er blickte unschlüssig, prüfend in ihr ernstes blasses Gesicht, ganz verwirrt von der erwartungsvollen Spannung darin.

»Ach ja, nicht wahr, Sie kommen?« Sie faßte ihn beim Arm und sah ihm, indem sie ein wenig den Kopf neigte, von unten herauf in die Augen, »Sie werden bei mir bleiben, ja? bis — bis — Es ist so unheimlich hier im Hause allein! Gewissermaßen allein oder eigentlich viel schlimmer als das! Und weithin überall nur leere Häuser! Ich war schon so am Rande. Ich wußte nicht, daß ich auf jemanden wartete; erst als ich Sie sah, fiel es mir ein. Und Sie werden auch etwas für mich tun, nicht wahr? Mir helfen, wenn ich Sie sehr bitte. Werden Sie, werden Sie?« Das ängstlich gespannte Kinderflehen in ihren Augen hatte etwas unsäglich Hilfloses, Verzweifeltes.

Die Tränen stiegen ihm auf. »Ja, ja, natürlich!« sagte er eilig, »gern!«

Sie nickte gerührt und streichelte seinen Arm. »Alles?« fragte sie leise und zaghaft, »und wenn es das Schwerste auf der Welt wäre?«

»Alles,« erwiderte er ernst und eine Welle überströmender inniger Hingabe hob ihn hoch, er wäre in dem Augenblick wirklich alles für dies fremde Geschöpf zu tun imstande gewesen.

Sie stand eine Weile und atmete tief. Dann winkte sie ihm entschlossen, ihr zu folgen und ging eilig quer über den Garten dem Hause zu.

Er sah nach der Gartentür aus. Ja, sie war ganz nahe, aber geschlossen. Das Mädchen wandte ungeduldig den Kopf nach ihm. Da kletterte er denn, wiewohl es mit dem wunden Bein einigermaßen beschwerlich war, über den Zaun. Vor dem Hause hielt sie an und wartete auf ihn.

9

Er stand nun vor ihr.

»Ich weiß ja nicht, ob es nützen wird,« sagte sie mutlos und sann mit halbgeschlossenen Augen vor sich hin, »aber tun muß man es doch! Man muß doch!« Eine Verzweiflung zuckte in ihrem weißen Gesicht, die nicht niederzuzwingen war. Ihr Mund, ihre Nasenflügel, ihre Augenlider zuckten.

»Worin soll ich Ihnen helfen?« fragte er nach einer geraumen Weile, um sie an seine Anwesenheit zu erinnern.

Sie sah auf: »Ich werde es Ihnen zuerst erzählen,« und sie wies auf die Bank neben der Tür, ohne sich selbst zu setzen. »Wissen Sie, ich hätte ja einfach jemanden aus dem Dorf unten rufen können. Der Pope hätte mir's auch getan. Aber ich muß einen Fremden dazu haben. Ich weiß nicht, ob Sie das verstehen werden. Ich würde es nicht ertragen, wenn es ein Freund oder überhaupt ein Bekannter von früher wäre. Nicht, daß ich fürchtete, sie könnten mich steinigen. Oder doch ja, ein wenig fürchte ich mich schon auch!« Sie lauschte nach dem Hause hin. Nichts rührte sich dort. »Er ist nicht fort,« begann sie geheimnisvoll, »nein, er war überhaupt nicht fort. Ach, Sie wissen ja noch gar nicht, daß ich verlobt war; doch? Nun, ich ließ ihn nicht. Der Krieg dauerte damals schon so lange. Er wurde irgendwo in der Ferne ausgekämpft. Niemand dachte, daß er uns hier angehen könnte. Er begann erst für mich, als mein Bräutigam einberufen wurde. Am letzten Abend nun war er bei uns bis spät in der Nacht. Und ich goß wieder und wieder sein Glas voll. Ich hätte es auch ohne Absicht getan. Er war so traurig! Ja, ja, das kann er nicht leugnen. Und ich, ach, was war ich an diesem Abend! Niemand freilich sah mir an, wie wahnsinnig ich war. Alle weinten sie mehr als ich. Nach dem Abschied dann, als er fortging, ging ich mit ihm vor die Tür hinaus, die Treppe hinab, auf die Gasse. Niemand wunderte sich, daß ich mich von ihm nicht trennen konnte. Er aber wußte nicht, wo er ging und fast nicht, wer mit ihm sprach. Er lachte und sang und mein

Vorhaben war leichter auszuführen, als ich gedacht hatte. Ich führte ihn hinunter in unsern Kohlenkeller,« sie dämpfte ihre Stimme und faßte heftig seinen Arm. Spitz bohrten sich die umklammernden Finger ein, »nicht in den andern, wo alle unsere Vorräte lagen und jeden Augenblick jemand hineinkam! Das war wohl überlegt. Ich band ihm Hände und Füße, das können Sie mir glauben. Band auch ein dickes Tuch um seinen Mund. Ein unabsichtlicher Schrei oder Ausruf in der Überraschung des Erwachens, dachte ich, wenn gerade zufällig jemand am Keller vorbeikäme. Und die Vorsicht erwies sich weit notwendiger, als ich dachte, aber aus einem Grunde, den ich wahrhaftig nicht hatte voraussehen können. Ich dachte nur, wenn wir es vorher beraten und beschließen würden, würde er es nicht wagen. Deshalb hatte ich ihn dazu zwingen wollen. Doch er war mit dem Mittel zur Rettung unzufrieden, denken Sie nur! Als er am Morgen seinen Rausch ausgeschlafen hatte, begann ein richtiger Kampf zwischen uns. — Ich war früher als alle anderen im Hause aufgestanden. Nicht aus Vorsicht und Ängstlichkeit. Ich hatte die ganze Nacht nicht schlafen können vor Glück, vor Freude über den Einfall und die gelungene Ausführung. Behutsam schlich ich durchs schlafende Haus. Mir war so selig zumute, als schliche ich zu einem verbotenen Stelldichein. Wie dankbar würde er mir sein für diese Eingebung der Liebe, dachte ich. Wie zu unverhofftem neuem Leben erwacht, mußte er sich doch fühlen! Statt in den Krieg zu müssen, im Arm der Geliebten zu bleiben, in ihrem Hause, von ihr gepflegt! Und ich malte mir aus, wie ich ihm das Leben drunten in dem engen dumpfen Raum erleichtern und verschönern wollte, ohne selbst die Eltern einzuweihen, da es ja allzu gefährlich war. Aber er, — als ich ihn zärtlich mit Küssen weckte, als er erfuhr, was ich vorhatte, — er wurde tobsüchtig vor Zorn über meine Zumutung. Sofort solle ich ihn freilassen, damit er noch den Zug erreiche. Ich flehte schmeichelnd und kosend, ohne auf seine Worte zu hören, er möchte, wenn schon nicht anders, so aus Güte und Mitleid für mich dableiben, da es doch ging. Er wäre einfach verschollen. Kein Mensch würde ihn hier suchen. Ich kniete vor ihm und bat ihn weinend mit gerungenen Händen. Er aber stieß mich von sich und herrschte mich wütend an, ich solle mich schämen, in solcher ernsten Sache eine so lächerliche Komödie zu machen. Ich verstünde von diesen Angelegenheiten nichts. Was würden die Leute im Dorf und was seine Kameraden bei der Kompanie von ihm sagen? — An solche Dinge dachte er, wo es sich um sein Leben handelte! Wahrhaftig, die Männer wissen nicht, was das Leben ist! — Und als er nachher, da ich ihn um keinen Preis losbinden wollte, mit aller Kraft um Hilfe zu brüllen begann, da packte mich die Wut über seine Dummheit und die Verzweiflung, daß er nun doch fort sollte und ich stopfte ihm ein Tuch in den Mund und band es fest. Da mochte er beißen und sich werfen, soviel er wollte. Ich werde ihn eben zu seinem Glück zwingen, wenn er so dumm ist, dachte ich. Er wird mir schon einmal Dank wissen. Aber schrecklich war es, wie er so hilflos war und ganz in meiner Gewalt, er, vor dem ich immer demütig gezittert hatte.« Grauen verzerrte ihr Gesicht und verdunkelte ihre Augen voll Tränen, »hatte ich denn nicht recht? Gehörte er nicht auch mir? Durfte er überhaupt noch allein über sich bestimmen? Nun, — Sie verstehen jetzt, warum ich nicht fliehen wollte. Ich war ja glücklich, als sie alle fort waren. Es wurde mir nicht leicht, meinen Gefangenen mit allem Notwendigen zu versehen, ohne daß jemand etwas ahnte. Aber ich war schlau. Es gelang mir sogar, unauffällig, einen Teil der Kohle hinaufzuschaffen. Ich kochte ihm seine Lieblingsspeisen, brachte ihm täglich frische Tannenzweige und Blumen, weil die Luft unten so dick und häßlich war, aber ihn freute nichts von alledem. Eine Zeitlang berührte er die Speisen nicht und wollte verhungern. Zu schreien oder sonstwie aus dem Loch heraus zu wollen, wagte er nicht mehr. Er wollte nicht als Deserteur erschossen werden. Mich haßte er. Ja! Er drehte mir den Rücken, wenn ich eintrat; er stieß nach mir, wenn ich ihm nahe kam. Wenn ich mich schmeichelnd an ihn schmiegte, von süßen Hoffnungen sprach, vom baldigen Kriegsende und den schönen Tagen unserer Zukunft, da lachte er nur so eigentümlich, daß es einem kalt den Rücken hinablief oder er wurde wild und schlug mich.

Manchmal weinte er, wenn ich kam. ,Ach, wie schön auf Wiesen in freier Luft zu schlafen,' sagte er, ,zwischen den Kameraden durch Wälder marschieren oder über Felder hinstürmen!'

Er war nicht krank, gar nicht! Nur ein wenig schwach natürlich. Ewig in dem Loch voll Kohlenstaub zu sein bei dem elenden Licht des Öllämpchens! Wer konnte aber auch wissen, daß der Krieg so lange dauern würde?

Ich sehnte mich nach ihm, so wie er ehedem gewesen, nach einem guten Wort, nach seinem sanften Streicheln. Aber er war stumpf und leblos geworden wie ausgedörrt und wurde immer stumpfer und lebloser.

Das ging so Monate.

Als die deutschen Granaten um uns hier in die Häuser schlugen, kam ich lachend und weinend vor Freude zu ihm hinunter, tanzte und sprang: Jetzt, jetzt war die schreckliche Gefangenschaft für ihn zu Ende, jetzt konnte er heraus und die Rettung war besiegelt. ,Siehst du, siehst du, wo wärst du jetzt, wenn ich dich gelassen hätte?' Und ich umschlang ihn jauchzend und wollte mit ihm umhertanzen, soweit es der Raum zuließ. Da aber kam das Entsetzliche!« Ein Zittern lief über ihren Körper und sie neigte sich vor, als sähe sie das, was sie erzählte: »Er schleuderte mich von sich; bis zur Tür flog ich. ,Wie kannst du dich freuen, wenn die Feinde kommen? Du Ehrlose, Hirnlose, du Tier aus dem Stall!' Der Schaum stand ihm vor dem Mund. Mit geschwungenen Fäusten stürzte er auf mich los. Ich war zuerst wie gelähmt vor Angst und Schrecken und Verblüffung. Dann floh ich, warf hinter mir die Tür zu und versperrte sie. Ich überlegte nicht warum, aber nicht aus Furcht meinetwegen, wahrhaftig! Droben rast der Kampf, dachte ich, er weiß jetzt nicht, was er tut und rennt in die Kugeln. Mußte ich nicht so denken? Wo, wo ist meine Schuld?« Sie schlug die Hände vors Gesicht, geballte Fäuste bohrte sie in die Wangen. Keuchend, schwer schleppte die Brust ihren Atem. »Vor der geschlossenen Tür,« fuhr sie nach einer langen Pause sehr leise fort, »auf den Stufen kniete ich atemlos, als wenn ich wer weiß wie gelaufen wäre, und lauschte. Ich weiß nicht, ob er mit dem Kopf gegen die Mauer rannte oder ob er in der Raserei so unglücklich zu Boden stürzte. Es war nicht zu unterscheiden! Ich war sogleich drin, als ich ihn hinschlagen hörte. Ich untersuchte ihn und dachte: Gottlob, es ist ihm nichts geschehen. Es floß kein Tropfen Blut, es war keine Wunde.« Sie richtete sich mit matter Willenskraft langsam auf: »Also kommen Sie!« Und sie wandte sich ins Haus.

Er sah sie forschend an: »Wohin denn?«

»Wollen Sie mir nicht helfen?« fragte sie verwundert, »Sie haben mir's doch versprochen!« Und sie ging voraus.

»Was habe ich versprochen?« dachte er beunruhigt.

Sie führte ihn durch einen langen Gang, nahm eine kleine Laterne, die dort in einer Ecke hing und stieg eine schmale gewundene Treppe hinab. Auf den untersten Stufen blieb sie stehen und wandte sich um: »Ich bekomme ihn allein nicht herauf!« flüsterte sie, »er ist schwer!« Sie stellte die Laterne nieder und suchte in der Tasche. Dann steckte sie den Schlüssel ins Schloß, er knackte zweimal. Die niedrige alte Kellertür fiel schwer gegen die Mauer. Ein unerträglicher Geruch, der schon auf der Treppe zu merken gewesen war, schlug ihnen entgegen. Sie hob die Laterne hoch. Der Lichtkreis erreichte eine breite Mannsgestalt, die aufrecht an der Wand lehnte. Es war keine Leiche.

»So ist er seither,« flüsterte sie.

Ein ganz von Bart überwachsenes Gesicht mit gläsernem Tierblick neigte sich vor, schwer gelallte Laute bewegten den Mund und hagere Hände mit sehr langen Fingernägeln griffen nach dem Licht.

»Also warum fassen Sie nicht zu?« flehte sie gequält, »ich werde Ihnen dann schon helfen!«

Richner streckte mechanisch die Hand nach der Schulter des Mannes aus.

Mit einem tiefen grollenden Knurren aus geschlossenem Mund zog der Mann Arme und Beine an sich und preßte den Leib trotzig gegen die Wand.

Mochte es nun der Geruch in dem Raum sein, das langgezogene wie von ferner drohende Hundeknurren oder die Berührung der Fingerspitzen mit dem haarigen Hals, der so kühl und feucht wie die Mauer war, — über Richner schlug ein übermächtiges Grauen zusammen. Er sprang hinaus. Ein gellendes Gelächter folgte ihm die Treppe hinauf.

Er stand auf der Straße. Etwas saß ihm im Rücken und peitschte ihn wie Kinder im Dunkel, hinunter zwischen bewohnte Häuser zu kommen, unter Menschen!

Auf den Wiesen lag die Mittagssonne und sie spiegelte sich im Fluß, als er über die schwankende Brücke floh.

Wie? Hätten nicht vielleicht alle Frauen so gehandelt, wenn sie den Einfall gehabt hätten? — Und er sah alle Männer der Welt in die lichtlosen Kellerkäfige ihrer Häuser ohnmächtig eingesperrt, statt auf der verzweifelten Suche nach dem notwendigen Weg zum Glück (in der Raserei des Zornes über das vergebliche Umirren) miteinander um die Macht und Ehre ihres Volkes zu ringen.

Hinter der Brücke blieb er stehen und sah zurück. Er unterschied noch das helle Holzgitter des vorspringenden Gartenzauns.

Es widerstrebte ihm, damit jetzt zum Popen zu gehen;

aber was hätte er anderes tun sollen?

UNWAHRSCHEINLICHES GERÜCHT VOM ENDE EINES VOLKSMANNS

Ein blauer Sommertag lag über dem stillen Dorf. In den Feldern draußen klangen die Sicheln und Sensen und rauschten in den Halmen zu den Reden der Weiber. Von einigen ganz nahen hörte man es bis auf den Platz vor der Kirche. Der Pfarrer las heute die Messe fast nur für den Küster und war vielleicht darum so merklich bald fertig.

In den Dorfstraßen schliefen die Hunde, die Sonne brannte in die leeren Höfe und niemand hörte einem kleinen Kinde zu, das eingesperrt im Stübchen hinter dem Fenster in seinem Korbe lag. Es kaute am Unterleib eines ehemaligen Kautschuksoldaten und lachte und spuckte und strampelte und freute sich über Gott weiß was.

Da raste rasselnd, brauste, donnerte, schoß ein Auto die unaufhörliche Landstraße von der Bahnstation herunter, dampfte hohe weiße graue Wolken um sich, hinter sich langhin bis an den Himmel. Der hagere rotbärtige Mann drin beugte sich fast gleichzeitig nach rechts und links hinaus und seine Augen drangen auf die Häuser, die Zäune, die Meilensteine, die Bäume zu beiden Seiten ein.

Der Chauffeur mußte schon einiges gewohnt sein, denn er blieb sitzen, wandte den Kopf nicht, lächelte kaum, als in dem Augenblick, da er eben erst zu halten beabsichtigte, sein Herr schon aus dem Wagen und gegen die Tür des Wirtshauses sprang, die er, hoffentlich nur, weil sie gerade zufällig angelehnt war, mit den Füßen aufstieß. Ein markerschütternder Schrei war sein: »Wirt!« Es hallte in dem leeren Hause: »Wirt!«

Er war nicht zu Hause und auch die Wirtin nicht; selbst die Kinder waren draußen auf den Feldern. Nur ein alter Großvater schlurfte endlich zittrig in seinen zerlumpten Schlafschuhen aus dem dämmrigen Hintergrund des schmalen tiefen Gangs heran.

»Ja, was soll denn das heißen?« fuhr der Herr los, »niemand an der Bahn, niemand hier! Was ist das für eine Ortsgruppe?«

»Bier?« fragte der Alte zaghaft, »Wein? — Aber mein Sohn hat leider die Kellerschlüssel mit, — er ist so ängstlich! —«

Wie die plötzlich in die wahrgenommene Welt durchgebrochene ewige mechanische Herzensangst der toten Materie pulste, hämmerte unerschöpflich gleichmäßig hilflos verzweifelt die gefesselte Kraft des stehenden Motors draußen hinter ihnen auf der Straße.

»Ja, wo ist denn der Ausschuß, das Komitee, der Vertrauensmann oder nur ein Ersatzobmannstellvertreter? Nächste Woche ist doch die Wahl!« Der Herr keuchte, tobte verzweifelt, fast weinend. Er drang auf den Alten ein: seine Augen, seine Hände, seine Zähne funkelten.

Der Greis sah ihn ängstlich forschend an, sehr gern bereit, zu erschrecken und zu bereuen, schuldbewußt schon, weil er noch nicht herausbekommen hatte, warum und in welcher Art es von ihm erwartet wurde.

»Siebenunddreißig Dörfer, fünf Marktflecken, drei Städte gehören zu meinem Wahlkreis! Glaubt man hier, ich habe siebenunddreißig Wochen, fünf Monate, drei Jahre zur Verfügung? Sie, Mann, hören Sie! Was denkt man hier? Was stellt man sich denn hier vor?«

Wie sollte der Greis, der sich gewiß auch in seiner Jugend nie näher mit Politik befaßt hatte, ahnen, daß es sich dem Herrn unmöglich um das Gewicht der Wählerschaft in diesem Örtchen handeln konnte und etwas Tieferes auf dem Grunde dieser Erregung war? Wie sollte er ahnen, daß der Herr im Vorbeifahren beim Anblick des selig strampelnden Kleinen in seinem Korbe hinter dem Fenster fern zu Hause sein einsames krankes Kind nach ihm wimmern hörte und gehetzt und getrieben vor dem wahnsinnigen Wunsche floh, schwächer zu sein, nicht so durchdrungen von dem richtigen Notwendigen, oder kalte eiserne Maschine zu werden ohne Leben für sich, ohne Gefühl in den Gliedern, empfindungslose Hülse des leuchtenden Wissens vom Notwendigen ohne Wahl, abgeschnellt seinen einen Weg abzuschnurren. — — Wie sollte der Greis das ahnen? — Aber mit jenem rätselhaften Feingefühl, wie es manche, auch ungebildete Menschen deutlich vor andern auszeichnet, spürte er genau, daß er von dem Schreiben der Frau an den Gemeindevorsteher, — oder war es ein Telegramm? — durch das heute morgen im letzten Augenblick die schon anberaumte Versammlung abgesagt worden, besser vielleicht nichts erwähne.

»Die Ernte!« wagte er versuchsweise schüchtern für jeden Fall, »wenn so lange Regenwetter war, und dann die Sonne schön herauskommt.« —

»Ernte! Welche politische Reife!« Der Herr lachte erbittert, »begreift ihr denn nicht, daß alles Ernten, alles Säen, alles Haben und Verdienen euch nichts nützen kann, wenn die falschen Grundsätze euch regieren, zur Macht kommen!«

Er blickte dabei die Wände entlang nach allen Seiten, bohrend bis in die Schatten der Winkel, als ob er durch die Decke, durch den Boden sehen könnte, wenn er nur allen Willen in die Augen brachte. Er glaubte, er müßte es doch dem Hause von außen ansehen, wenn man drin auf ihn wartete. Er suchte in den Augen, in den Mienen des Alten; aber er fragte nicht! Nicht einmal, ob Fremdenzimmer im Hause seien. — Wie qualvoll, daß es so geheim bleiben mußte! Wenn er wenigstens sich hätte erkundigen dürfen, ob nicht jemand durch den Ort gekommen war und nach ihm gefragt hatte! Aber sie hatten ja nicht nach ihm gefragt. Diese Menschen waren viel zu gefühllos, gewissenhaft und beherrscht!

Da wies das Greislein mit einer plötzlichen Erleuchtung freudig nach den weit offenen Türen des Wirtssaals an der Seite und drin auf die sehr nahe zusammengeschobenen Tische, die langen dichten Stuhlreihen und das wirklich bereitstehende, einladend hohe Podium, vielleicht für die Musikanten des nächsten Tanzabends vorbereitet, vielleicht von einer gestrigen Versammlung des Gegenkandidaten stehengeblieben. »Ich brauche sie nur zusammenzurufen!« rief er glückstrahlend, »sie werden alle gleich da sein.«

»Rufen!« fuhr der Herr gereizt auf, »er wird sie rufen! Wie sich das Bild der Welt im Kopfe so eines einfachen Mannes malt! Nachmittags habe ich in Klarbach, dann in Alt-Gustiz, spät abends noch in Oberreizendorf, morgen in Kieseck zu reden! Und jetzt will er sie — rufen! Oh, wenn man doch Redner und Hörer, Führer und Geführter, Gott und Welt zugleich sein könnte! Aber so allein, allein mit seiner Pflicht! Und alle Opfer, alle Hingabe, restlose Bereitschaft ungenommen, ungehört, ohne Sinn, wie ungetan verloren . . .«

Der Alte aber hörte nicht auf ihn, drückte sich demütig, geduckt, voll Vorsicht in der Tür an ihm vorbei und klopfte mit seinem Stock hastig die Straße hinab. Es schien, als versuche er, ob es mit kleineren Schritten vielleicht schneller vorwärts ginge, so sehr war alles an ihm Eifer und Bewegung. »Sie werden schon kommen!«

Der Herr sah ihm verzweifelt nach, griff sich mit den Fäusten in die Haare. Wenn nur einer von diesen Menschen hier ahnte, was auf dem Spiele stand: die Zukunft des Staates! Sie wußten ja gar nicht, was das war! Glück und Freiheit aller, vielleicht die erlösende große Einsicht, die Gerechtigkeit von oben, vom Sitz der Macht! — Da schlich, kroch, schob sich der schlurfende Greis; nun war er schließlich doch um die Ecke verschwunden. Er kam ja niemals auch nur zum ersten Feld! Und während auf irgendeiner Station, auf der nächsten vielleicht, jetzt eben die Jahrzehnte herbeigesehnte Gelegenheit für Beglückung und Befreiung des Volkes einstieg und weiterfuhr, weiter und weiter vor ihm her, vielleicht nicht mehr zu erreichen, — mußte er hier stehen und warten. —

»Ja, aber warum wartete er? Warum setzte er sich nicht auch ein und fuhr davon? Warum kam ihm dieser Gedanke gar nicht? War das die Schuld? Daß Worte in ihm drängten, Dinge, die er den Leuten zu sagen hatte, gerade diesen Leuten, die stumpf und taub waren gegen die Notwendigkeit, daß jeder einzelne mit seinem Willen den Staat belebe! — Daß es wenige waren? Ach, wenn das Wort in ein richtiges Ohr fiel, konnte es oft wichtiger sein als ein Meetinggewimmel, und wann konnte man wissen, wo dieser eine war und wo er nicht war? —

Nur wer die menschliche Natur nicht kennt oder die Vorgänge in seinem Innern nicht nachfühlen will, kann sich wundern, daß der Mann bis ins Innerste vor Ungeduld wund und zitternd schon als er die ersten Landleute von fern kommen sah, verschwitzte Gesichter, Rechen und Sensen über der Schulter, ein paar Weiber und Kinder hinter ihnen, sogleich ins Haus eilte und in den Saal, zur Tribüne emporzusteigen.

Da hob sich hinter ihm draußen aus dem Auto, aus den Falten des zurückgeschlagenen Dachs vielleicht, aus einem Geheimfach, Geheimverschlag der Rückenlehne ein erregter blasser Damenkopf mit ganz unzerdrückter Frisur, — aus solch kleinem Raum! — eine elegante lichtblaue Seidenbluse, wie aus dem Boden emporwachsend ein ganz kurzer lichtgrauer Seidenrock und hohe lichtgraue Tuchschuhe; sie schwebte, reckte sich wie auf einem dritten Trittbrett hinter dem Auto stehend, beugte sich weit vor und blickte ihm nach: wie er dahinschritt! Er, der Berühmte, Gefeierte, der nie solchem verlorenen Nest die Ehre antat. Stundenweit strömten die Leute aus dem Umkreis herbei, wenn irgendwo seine Rede angekündigt war. Und hier hatte er sich selbst angeboten zu kommen und sie fanden es nicht selbstverständlich, am Sonntag! — Und dennoch stieg er nicht ein und fuhr fort: nein, wartete, um zu ihnen zu reden. Also nicht der Premier mußte es sein, nicht große

Entscheidungen braucht's, jedes Wirtshaus voll Bauernohren war ihm wichtiger als Weib und Kind! Noch sah er nicht ein, überfiel ihn nicht die Klarheit, daß sie aus Liebe, aus Güte, aus mehr Weitblick und tieferem Erkennen des Lebens seine Bemühungen um Glück und Freiheit aller haßte und verdammte. Nicht aus Eifersucht, obwohl sie ihn der Familie völlig entzogen, auch nicht, weil er sein großes Geschäft, die Zukunft seiner Kinder dem schläfrigen Direktor und dem gar nicht zuverlässigen Kompagnon überließ, nein, nur weil er selbst dabei zugrunde ging, seinen Kräften viel zu viel zumutete und sich aufrieb. Darüber, daß sie die Bemühungen Ambitionen nannte, dachte er, würde sie nicht hinausgehen. Als sie ihm beim Abschied nachrief: »Auf der Walstatt sehen wir uns wieder!« hatte er herzlich über den Scherz gelacht; so kannte er sie. — Ein anderer, jeder andere hätte diese Agitationsreise, wenn sie so furchtbar gern mit wollte, auch noch ein drittesmal aufgeschoben, als ihr Kleid immer noch nicht fertig war. Nun gut, das konnte ihm unmännlich scheinen. Das war ungeschickt von ihr gewählt. Aber als man ihm, — gleich auf die erste Station, — nachtelegraphierte, daß es eben als er fort war, geliefert worden und sie in derselben Stunde verschwunden sei, niemand wisse wohin, — hätte da nicht ein anderer sich darüber Gedanken gemacht, ob sie nicht an der geringen Zeit, die er nur zu warten gebraucht hätte, messen mußte, wie viel sie ihm war? Und man berichtete ihm, daß gleich nach ihrem Verschwinden das Kind, das liebe süße Würmchen schwer erkrankt sei und sich das Mädchen keinen Rat wisse. Aber er hörte diese Meldungen vielleicht gar nicht, weil man ihm gleichzeitig telegraphierte, daß der Ministerpräsident ihn gesucht habe, kaum er vom Hause fort war, um mit ihm etwas äußerst Wichtiges, Unaufschiebbares geheim, wohl unter vier Augen zu verhandeln. Der Ministerpräsident mit ihm! Ja, das zündete, das hatte sie gut gewählt. Das ließ ihn nicht

23

los. Augenblicklich wollte er da natürlich die Reise unterbrechen, aber als seine Nachricht den Minister nicht mehr erreichte, weil der ihm sogleich nachgefahren war, — so große Eile hatte es, — da dachte er nicht mehr daran umzukehren. Immer dringender telegraphierte das Mädchen: daß der Zustand des Kindes sich verschlimmere, wo denn die Frau sei? Es sei so selten ein Arzt zur Stelle in dieser schrecklichen Zeit. Die Verantwortung sei ihr zu schwer. Sie war viel zu gewissenhaft. Herzlose vielleicht, die hätten das mit ansehen können, aber sie, sie telegraphierte ihm ihre Kündigung. — Er suchte und jagte den Premier von Ort zu Ort des Wahlkreises, immer erregter, weil er sich mit ihm, der vielleicht vor ihm herjagte, nicht verständigen konnte. Sie durften nicht viel telephonisch oder telegraphisch hin- und herfragen; es hätte auffallen können. Die Beamten konnten, vom Parteifieber der Wahltage ergriffen, unzuverlässig sein. Und es durfte auch nicht das geringste Gerücht von einer solchen Zusammenkunft in die Öffentlichkeit dringen. Die höchsten Staatsinteressen waren in Gefahr. Vielleicht waren die Gegensätze im Volke durch die Erregung der Tage und die äußern Vorgänge zu unberechenbarer Maßlosigkeit aufgestachelt. Aber hier dieser armselige Wirtssaal vermochte ihn aufzuhalten. Hier wartete er, um zu ein paar Bauern zu reden. Keine Sorge störte, beirrte ihn. Er wußte nicht, daß er ein Heim, eine Familie hatte, sah nicht fern sein Kind einsam sterben, die Frau umherirren, ihr verlorenes Glück suchen. — Mit dem Ernst und der Entschlossenheit eines Mannes, der seine oberste Pflicht kennt, schreitet er dahin, auf dem die ganze schwere Verantwortung des Vertrauens aller ruht und der sich würdig fühlt, weil die Sache ihm heilig ist, nicht Ruhm, nicht Einfluß, nicht einmal Liebe des Volkes ihn lockt, nichts, nichts an ihm ihm selbst gehört, alles allen, der Zukunft, der Nation. — Und er steigt zwischen den leeren Tischen, den eingeschobenen Stuhlreihen zur Tribüne empor, merkt gar nicht, daß der Saal leer ist, — sie hob sich auf die Fußspitzen, um in die Fenster zu sehen, — steht schon oben und beginnt wirklich seine Rede. Wie bei solchem Manne, solchem Erfülltsein vom Feuer der Ideen nicht anders zu erwarten, bemerkte er nicht, daß die Bauern, die er gesehen hatte, und auch alle Nachfolgenden sich nicht hereinzukommen getrauten, als sie ihn drin schon reden hörten, sondern ehrfürchtig draußen vor der Tür stehen blieben und lauschten. Die stille, immer schwülere Mittagsluft wurde durchschnitten von seinen immer leidenschaftlicher herausgeschleuderten Anklagen, Forderungen, Beschwörungen, Beweisen. Die Luft zitterte, die Fenster klirrten, die Bretter der Bühne bebten von der Erregung seiner Füße.

Dem Chauffeur wurde es draußen unheimlich. Dazu, dachte er, das viele Benzin, das jetzt so unerschwinglich teuer ist und manchmal einfach überhaupt nicht zu haben? Und er sah auf die Menge, die sich immer mehr vor dem Hause staute. Langsam kamen sie, sehr langsam, einzeln, in Gruppen, aber unaufhörlich und immer zahlreicher — da sah er zwischen ihnen die Landstraße herunter — oder wuchs sie hinter dem Auto aus dem Boden hervor? — die Frau seines Herrn wirklich und wahrhaftig auf sich zukommen, mitten unter den Landleuten mit ihrer städtischen Kleidung und ihrem städtischen Gang, leicht, vielleicht schwebend, mit einem kleinen, aber darum nur um so wunderbareren Abstand zwischen ihren Füßen und dem Boden und winkte ihm; ihm, dem Chauffeur, unleugbar und in einer Weise, in der man Untergebenen nicht winkt, außer in einer einzigen, bei einer wirklichen Dame unbegreiflichen Absicht.

Einundzwanzig Jahre diente der Mann der Organisation und man kann sich denken, daß er alle diese Zeit über nicht immerwährend gleich jung geblieben war. Aber sie winkte ihm wirklich, deutlich, lebhaft, mit ein wenig verzogenem

Mund, jawohl! es gibt Prahlhänse, die sagen würden, mit einem verheißungsvollen Lächeln. Die Frau des Herrn, ein Teil vom ihm! dachte er vielleicht. Es war ungehörig, daß sie ihm winkte, aber wie unerträglich unziemlich wäre es gewesen, wenn er nun auch noch gar nicht gefolgt wäre. Konnte man sich's nur überhaupt vorstellen? War es nicht eine Ehre, daß sie ihm winkte? Welch eine unerhörte Überhebung, Frechheit wäre es gewesen, dies nicht so aufzufassen? In mancher Hinsicht geradezu eine Beleidigung des Herrn! —

So verkehrt empfindet naive Demut manchmal, so wehrlos!

Die Frau deutete auf ein Haus und schwebte mit ihrem schwellenden jungen Körper, den zarten weißen Gliedern, den runden duftenden voraus. Der Chauffeur war unglücklich, peinvoll zerrissen, gedrückt und beklommen, als er ihr folgte.

Die Worte, die der Herr drin im Wirtssaal zu sagen hatte, waren hinausgeglüht und er eilte durch die enge Gasse zwischen den Tischen davon. Ein Schauer ergriff die Menge draußen vor den Fenstern, als in diesem Augenblick über die leeren Tische ein gewaltiger Applaus hinrauschte und von den eingeschobenen Sesselreihen jubelnde Zurufe einer begeisterten Menge ertönten. Er achtete nie darauf, wie die Reihe Gesichter vor ihm zugehört hatte, das Verständnis, der Wille der anderen ihm antworteten. Es mußten doch alle bis ins Innerste von dem durchdrungen werden, was so wahr war? Wenn einzelne so böse oder so unglücklich waren, es nicht zu verstehen, durfte ihn das ja nicht berühren.

Als er nun heiß und strahlend unter die Leute vors Haus trat, wichen, prallten sie ehrerbietig zu beiden Seiten zurück und er nickte ihnen mit Handbewegung und durchleuchtetem Blick Abschied zu, sich mit leichtem elastischen Schwung, wie Fürstlichkeiten nach festlichen

Empfängen, ins Auto schwingend und sah erst, als er schon drin war, den einen Fuß noch auf dem Trittbrett, daß der Chauffeur nicht da war. Er sah sich um: Nirgends! Nur die Verlegenheit der Leute, die betretene angstvoll neugierige Spannung, der inständige Wunsch aller Gesichter, er möchte doch nicht hin, gerade hinschauen, wies seinen Augen den Weg. Nur einen Augenblick huschten die zwei Gesichter an dem Fenster ohne Vorhang vorbei, aber seinetwegen hätte der Vorhang nicht zurückgezogen sein müssen. Er sah durch die Mauer, sah die Hände des Chauffeurs mit seiner Frau beschäftigt. Ja natürlich, sie war es! Welche Frau hätte er denn auch sonst sogleich ohne Toilette erkennen können? — Aber wie war er vollkommen Politiker! Als jetzt sein Bewußtsein, Willen, Denken gefroren aussetzten, öffneten sich seine Lippen und sagten, — er hörte es, — mit überzeugender Nachlässigkeit: Der Kerl sei nicht zurückzuerwarten! Er habe ihn nur mit einem Telegramm zur Bahn geschickt und wohl wegen des dummen Benzins habe der kleinliche Mensch nicht das Auto benützt. Ob vielleicht jemand von ihnen oder im Dorf ein Auto lenken könne? Nein? — Er habe unmöglich Zeit zu warten! Die Versammlung in Klarbach. — Er müsse es zu Fuß versuchen. Man solle ihn also sogleich nachschicken, wenn er komme.

Er sprang von seinem Sitz und eilte. Er hatte sich geirrt! Im nächsten Dorf wartete seine Frau auf ihn, konnte er denken, je weiter er war, nur schnell! damit sie nicht zu lange warte! Mitten in der ersten Zuhörerreihe der nächsten Versammlung würde sie sitzen, hinter der Tür des nächsten Wirtssaals mit einem »Baff« hervorspringen, sobald er öffnete; oder hatte sonst eine Überraschung für ihn vor. Sie war doch solch ein Kind, solch ein süßes großes lustiges Kind!

Aber zu diesen Menschen gehörte er nicht. Er dachte: Mein Kind ist tot, die Frau ist tot. — Aber ich habe keine

Zeit!

Er lief; er flog. Der Ministerpräsident wartete auf ihn! Er hatte nie gewußt, daß man so schnell laufen konnte. ,Vielleicht handelte es sich um die Altersversorgung der abgeschufteten Überbleibsel armer mißbrauchter Menschmaschinen oder um die Behütung der Kinder vor Hunger, schlechter Luft und Haß und zerstörender Arbeit. — Ich habe unrecht getan und es geschieht mir unrecht. Oder geschieht mir vielleicht recht! Aber ich habe keine Zeit! — Auf jeden entfällt das entsprechende Maß Glück und Unglück, wenn er sich nur natürlich benimmt. Aber sie warten alle, die auf mich vertrauen! Wie sind sie doch mehr als ich, ich einzelner! Der Ministerpräsident wartet auf mich! —'

Er lief, raste, aber gleichmäßig, hetzte nicht! Oh, er hatte sich in der Gewalt, wenn es nottat. Er mußte ja lange ausdauern. Er wollte das Ziel, verschmähte die kluge Mäßigung nicht, wußte, daß sie mehr war als die Tollheit. — ,Vielleicht handelte es sich um eine neue Verteilung des Bodens, um reine, lichte, hohe Wohnungen für jeden, für alle, um die Abschaffung der Gefängnisse, der Kriegsrüstungen. Für jeden sein Häuschen, sein Gütchen, sein kleines irdisches Glück, auf dem das ewige Große seiner Seele und seines Geistes gesund und gerade wachsen konnte. Vielleicht —'

Alles an ihm wurde Fuß. Er hatte nur diese Muskeln. Er sah nicht, hörte nicht, roch nicht. Sein Atem ging gehorsam im Schritt.

Der Chauffeur war aus Pflichteifer so rasch hinter ihm hergefahren, aus Reue, Treue. Die versäumte Zeit einzubringen, ihn rasch einzuholen, und merkte nichts von dem Hindernis, das er überrannte. Die Straße war schlecht. Und als man ihn später zu dem blutigen zerquetschten Leichnam führte, ihn zu agnoszieren, wollte er lange nicht glauben, daß er es gewesen sei, der seinen Herrn überfahren hatte.

Der blaue Sommernachmittag lag über dem Dorf. In den Feldern klangen wieder die Sicheln und Sensen und rauschten in den Halmen zu den Reden der Weiber. Von einigen ganz nahen hörte man es bis vor das Wirtshaus, wo ein Teil der Bauern zurückgeblieben war, die einen in Scheu, die andern in erregtem Lärm das Erlebte besprachen.

In den Dorfstraßen schliefen die Hunde, die Sonne brannte in die leeren Höfe und das Kind hinter dem Fenster war von seiner Mutter gesäugt und wieder in seinem Stübchen eingeschlossen, schlief in seinem Korbe und lachte im Schlaf und hatte den Finger im Mund.